달팽이와 길

달팽이와 길

글쟁이 蝸牛道人

평민사

달팽이와 길

초판 1쇄 인쇄일   2025년 05월 23일
초판 1쇄 발행일   2025년 05월 31일

지은이   蝸牛道人 (이강재)
만든이   이정옥
만든곳   평민사
           서울시 은평구 수색로 340 〈202호〉
           전화 : 02) 375-8571
           팩스 : 02) 375-8573
           〈평민사 모든 자료를 한눈에〉
           http://blog.naver.com/pyung1976
           이메일   pyung1976@naver.com
등록번호   25100-2015-000102호
 ISBN   978-89-7115-878-4 03810
정   가   15,000원

어머니께서 별 탈 없이
잘 지내고 계셔서 고맙고 기쁘다.
내게 재능이 있다면 그건 온전히 모전이다.

인 력
2,300
7700만

해나

내 여복은 할머니가 다 자신 줄 알았거던유
근디유
해나가 나왔지 뭐유
인자 할머니 맴을 알것슈

달팽이

아내와 함께 잠실선착장까지 걷던 때다
마흔을 넘긴
자전거길이 따로 없었다
풀린 신발끈을 묶으려 쭈그려 앉았는데
포장된 길바닥에 작게 짙은 점들이 있었다
궁금해서 가던 걸 잊고 한참 관찰했다
바닥을 힘겹게 밀고 있는 작은 달팽이를 발견했다
아이고야
작은 점은 달팽이의 로드킬이었다
내 발자국 아래에 깔렸을 달팽이를 떠올렸다
그런데 내 삶도
달팽이의 레벨과 별반 다르지 않다는 깨달음이 생겼다
달팽이에겐 점프가 없다
묵묵히 바닥을 밀면서 전진한다
나도 온몸으로 세상을 민다
우주를 민다
그러니 모든 게 더디다
그렇게 내 길을 만들어 왔다
외길이다

아버지의 비밀

평생을 술독에 빠져
온몸이 술독에 쩐 우리 아버지
너무 술을 많이 드셔서 아버지 뇌가 다 녹았어요
이래도 그냥 허허 하신다
참이슬은 매일 아버지를 익시시킨다
간은 갈빗대 밑으로 불룩 튀어 올랐고
낯빛은 거무튀튀 흰자위는 맑은 구석이 전혀 없다

딸꾹질이 심해진 몸을 진정시켜드리려다
셔츠 주머니에 삐쭉 나온 수첩을 꺼냈다
천 원짜리 예닐곱 장에 만 원짜리도 꽤 많다
접은 돈을 세면서 여쭀다
아버지 요새 돈이 새로 나왔는데 아셔요
딴소리를 하신다 그게 얼마여
모두 새로 나온 돈인데 십만 원짜리란다

수첩에는 주민증과 명함도 여러 장 들어 있다
명함에는 주소와 전화번호가 있다 아버지의 소속은
집이다

그래도 그것들이 들어 있다는 사실에 안심이 된다
술에서 깬 짧은 시간에만
천 원은 천 원이 되고 만 원은 만 원이 된다
그리고 명함 속의 아버지로 돌아갈 것이다

아버지에게 돈의 용도를 물었다
우선 이십오만 원을 만들어야 된다
작년에는 이십만 원이었거든
해마다 오만 원씩 올려준다
내 생일이 칠월 십구일이잖냐
어머니 산소에 가서 장사를 지내야 한다
술과 제 정신이 교대로 섞여 나온다
할머니 산소 벌초를 부탁하는 돈을 마련해야 한다는
뜻이다

할머니가 낮에도 가끔 나타나서
너 하고 싶은 대로 하거라 하신단다
할머니를 보신다니 나는 걱정이다
아버지가 내 보호자에서

나를 당신의 보호자로 만들어 주셨을 때가 생각났다
그리 오래된 시간은 아니지만
이제는 내가 보호자임이 지극히 자연스럽다

나는 아버지를 다독이고 쓰다듬는디
그러다 수첩 속에 도로 지폐를 정리하다가
아버지의 비밀을 보았다
아버지는 정체를 숨긴 채
아버지의 술들 속에서
즐겁게 헤엄치고 있는 건지도 모른다
아버지 이거 뭐에요
아! 그거 토요일 저녁에 추첨한다 천 원짜리다

엘리베이터 걸 II

엘리베이터에 탔다.
나는 무심코 네 번째 버튼을 눌렀다.
누르고 보니 모든 버튼이 F였다.
나는 ▷◁로 다가가던 손가락을 황급히 멈추고
◁▷를 누르고 잠시 생각에 잠겼다.

그때, 그걸 기대하기라도 한 것처럼
그녀가 숨을 헐떡이며 달려와 안으로 들어섰다.
전자석에 전원이 빠지듯
손가락은 내 망설임과 상관없이 버튼으로부터 툭 떨
어졌다.
갈라졌던 물길처럼 문이 닫혔다.

그녀는 가벼운 목례를 했다.
그녀는 어디에서 내리는 걸까?
답례 대신 나는 남은 모든 F를 차례대로 눌렀다.
난 모든 F의 멘토가 된 듯했고
빛나는 모든 F는 그녀를 향해 도열했다.

엘리베이터가 이동한다.
열림과 닫힘 움직임과 멈춤
때맞춰 똑같이 딩동거리는 엘리베이터

어떤 F는 유령처럼 빈 복도를 또다거리며 사라졌고
어떤 F는 순간이동 하듯 건너편 벽에 붙어서 흔들렸
으며
어떤 F는 바로 그 자리에서 소멸했다.
또 하나의 F가 공간 속으로 낙하한 후
내게 돌린 예각만큼 비낀 눈길의 끄덕임과 함께
그녀는 반짝이는 자신의 F를 데리고 내렸다.

엘리베이터가 마지막으로 딩동거렸을 때
나는 그때까지 남아있던 하나의 빛나는 F를
버튼에서 떼어낸 후 손바닥에 쥐고
내가 처음 눌렀던 F를 훨씬 지나친 그곳에 내렸다.
가늠할 수 없는 그 어둠 속을
나의 F가 반딧불이처럼 떠다니고 있다.

– F에 관한 명상 –

F는 four이기도 하고 floor이기도 하다.

수직으로 승강하는 엘리베이터의 이마 위에 수평의
표시등이 놓여 있듯이,

수직으로 도열한 버튼을 누르면 수평으로 이동하는
엘리베이터를 상상했다.

그럴 때 F는 제각각 F1, F2, F3, ……, F∞ 일 것이다.

F는 4의 거짓 시늉 feinting인데,

3에서 건너뛰어 바로 5를 오게 하는 과잉대응보다는
낫다.

이 때 4는 정녕 잊힌 세계다.

4를 F로 대체하면 관념은 확장되고, F는 상징과 은유
가 된다.

F는 자유 freedom이면서 실패 fault이며,

비상 fly이면서 낙하 fall이고,

번쩍임 flash이면서 희미함 fade이다.

나는 은닉 fade과 거짓 feinting과 과오 fault를 거쳐
참된 나의 자유 freedom에게로 가려 한다.

그는 여전히 비낀 눈길을 보내지만

나는 꾸준히 내가 가진 반짝임 flash을 날릴 fly 것
이다.

/ 20070222

소그무지山[*]

언제 소그무지山에 오를 수 있을까
검은 돌들 부서져 내린 그 비탈
보리밟기하던 그 능선
붉은 해 올라오던 그 등성이

돈돌미 푸른 沼에 드리운
그 말뫼 정수리엔
불처녀 지고 올라간 소금단지 있어

벌거숭이 유년의 고추 간질이던 송사리떼
푸른 沼 뫼꼭대기를 꺽지가 쪼아 먹어
소그무지山 꼭대기가 옴폭해졌나 어쨌나

불처녀가 묻고 온 소금단지엔
독사들 우글거린다던
허풍선이 그 친구는 지금 어디 사나

불처녀 봉곳한 젖가슴 새로
흘러내린 땀방울 따라가다 보면
그 소그무지山에 오를 수 있을까

/ 20040323

---

*옛 단양읍은 대부분 수몰되었다. 지금은 충북 단양군 단성면이 된 그
곳에 두악산(斗岳山)이 있다.
서울로 전학 간 2학년 3반 이미화네 미싱 가게 앞에는 소금단지를 등
에 진 불처녀像이 있는 연못이 있었다.

해나야

해나야 나는할비 너오늘 세살이지
호기심 산만하고 많은흥 때론감춰
솔직한 성품인거는 싫은것은 뱉어내

색깔도 척척알고 슬픈곡조 싫어하지
이미미리 구분하고 꼭대기는 열두시쪽
아파트 브루노마스 체커보드 알아봐

/ 20250420

Black Mirror[*]

내 몸이 통째로
너의 검은 평면 아래로
들어갔다
윤곽만 드러난
투명한 어족처럼
나는 너의 내부에 있다
빛나는 것들은
제 빛을 뽐내며
너를 통해 스스로를 비춘다
빛들은 나를 관통하고
나는 그들 사이에
중첩되어 흐른다
너는 빛을 잔뜩 머금고 있다
매끄러운 너의 표면이 때때로 나를 퉁긴다
그래서 나는 투명한 채로
표면에서 솟구친다
허공으로부터
빛들이 어지럽게 내 안에서 산란하지만
너는 나를 네 위에서

흐르도록 둔다
네가 온 세상의 빛을 삼키고 있으므로
나는 투명하고
너는 검다

＊캐나다 록 밴드인 아케이드 파이어(Arcade Fire)의 「Black Mirror」에
서 제목을 빌어 왔다.

色, 戒[*]
lust, caution

索, 計

탐색과 계략 어설프고 서툰 꾀

嗇, 繼

그는 나를 탐내면서도 인색해
그의 눈길에 아슬아슬한 나를 매달았어

塞, 界

그는 요새에 갇힌 듯 경계를 긋지만
욕망은 막을 수도 한계도 없어

色, 季

찻잔의 상하이루즈처럼 경계에서 그의 낯빛이 바뀔 때
모든 계절의 끝에서 성숙의 막이 내릴 때
하오 10시를 삼킬 검은 물의 끝으로

色, 戒

욕망은 끝끝내 신중함을 몰아내지

삶을 흔드는 건 興이야

/ 20071126

---

*「色, 戒」는 연기에 관한 내 자전적인 논문과 같다. 그 누가 사람의 성
행위 자체가 공연이 아니라고 말할 수 있나?" - 李 安 -

Never Forever[*]

몸에는 몸의 마음이 있고
몸짓에는 몸의 마음짓이 있다
초조한 몸짓
강렬한 몸짓
간절한 몸짓
시큰둥한 몸짓
짓거리도 몸의 증명이다
나쁜 짓
어리석은 짓
부질없는 짓
짐승만도 못한 짓
할 짓 못할 짓
몸은 말이 꼭 필요 없다
가장 중요한 건 몸이다

다시는 만날 수 없어요
물고기는 영원히 살아간다
물고기는 물속에서 숨 쉬고
몸은 몸속에서 숨 쉬고

마음은 마음한테 붙어 숨 쉬고
너한테 나한테도 부레가 있으면
이 세상 속에서 자유롭게
떴다가 가라앉았다가 하면서

/ 20080325

숨과 삶의 비밀[*]

생명은 하늘에서 왔고
육신은 땅에서 났다

떡잎이 제 고개를 곧추 세우는 힘이나
백일 아이가 머리를 가누는 힘은
모두 생명의 힘이다

내쉬는 숨은 하늘에 고함이요
들이쉼은 몸을 지탱하는 무게다

삶이란
하늘을 향해 몸을 일으켜 우러르다가
땅으로 가라앉으며 스러지는
도는 길이다

아이의 아장 걸음은 미숙한 전진이며
노인의 종종 걸음은 막다름을 회피할 수 없는 조급
이다

햇볕은 추호의 틈도 없이 빽빽하지만
생명을 지닌 저마다 비밀스럽고

삶이 지닌 비밀은
내가 디딘 모든 발자국 속에 있다

/ 20070529

＊영화「숨」과「密陽」을 보고

봄날은 간다

그래 사랑은 변한다
사랑이 생명이라면 사랑은 변한다
당신의 사랑이 변하듯 내 사랑도 변한다
몸도 마음도 제각각이듯
사랑도 저마다 시시각각 변한다
그래 봄날은 간다
연초록 잎새의 짧은 봄날은 간다
사랑이 봄바람과 함께 구를 때
당신의 발걸음 사이로 봄날은 지나갔다

검은 밀감[*]

당신이 검은 밀감을 삼킨다
내 모든 중력이 쏠린 곳에서 마침내 절정의 통문이
중앙집권이 미치는 하부의 미세한 곳에 다다르기도
전에
이 땅의 오랜 지역차별 정책괴도 같이
순서도 없이 몽롱해지는 사지
내 의식이 온전히 잠들기도 전에 먼저
무심한 곳에서 땅이 꺼지듯이
파발이 당도하기도 전에
마치 머리는 모르는 외딴 고요한 심연 속으로
팔과 다리와 몸통이 따로따로
앞다투어 자맥질하듯이 사라지는 그때
당신이 삼켰던 검은 밀감조차 누구 것인지 모를
일체의 감각과 일체의 망각이 만나는 그 찰나

/ 20080626

---

*李箱의 詩, 「I WED A TOY BRIDE」 중에서
"장난감 신부가 밀감을 찾는다."는 구절이 있다. 거기에서 아이디어를
빌어 왔다.

그림자論[*]

1.

빛은
생명 존재의 근원에서 온다.
그러므로 새벽에 환호하고
황혼을 애송하는 것이다.
그런데
빛을 향한
자전은 자존심이고
공전은 속박의 굴레 같다.

2.

지구가 태양을 향해 서면
지구의 등은
지구를 향해 꿋꿋하게 배면을 감추어 온
달의 몸통에 검게 드리운다.
빛은 언제나 그곳에 있고
그저 빛을 향해 등 돌릴 뿐이다.
그리고 빛의 거울인 달은
돌린 등을 되돌릴 때에 맞춰

거기에 묵묵히 있다.
그림자는 어둠과 한편이고
달은 빛을 먹으면서
지구의 어둠을 토한다.

3.

병아리에게 고정된
솔개의 그림자
낮은 빛에는
아주 길게 버틸 수 있지만
높은 빛 아래선
노골적으로 철저하게 벗겨진다.
그림자는 겨우 발바닥 근처에 잠복해 있다.
총잡이들은 정오에 결투하고
황혼이 지면
쓰러뜨린 현상범인 양 긴 그림자를 끌며 떠난다.

4.

빛 아래 보이는 것들은

빛을 차단하고 대신 그림자를 매단다.
하지만 투명한 것일수록
빛을 거절할 필요가 없다.
투명한 것일수록 빛과 같은 편이다.
투명해질수록 그림자도 투명해지고
마침내 생령의 그림자는 보이지 않게 된다.
그림자가 필요 없는 눈 감은 어둠 속에서
망막에 비친 꿈은
영혼이 그려내는 총천연색 그림자다.

5.

내가 빛을 향해 선다면
당신은
당신 쪽으로 돌린 나의 등과
표정도 나타내지 않는 내 그림자를
다만 쓸쓸히 바라볼 것이다.
그리고 그 누구도 당신을 대신하여
당신의 그림자를 바라봐주지 않을 것이다.
내가 빛을 등진 채

당신을 향해 서면
나는 잊었던 그림자와 마주하고
내가 그림자를 드리운 당신의 정면과
또
뒤로 늘어진 당신의 그림자까지도
함께 살펴볼 수 있다.
그 누군가에게서
단호하게 등 돌려야만
비로소 당신의 정면을 응시할 수 있다는
이 깨달음을 알겠다.

/ 20080229

---

*이 글은 김소연의 시집 『빛들의 피곤이 밤을 끌어당긴다』에 함께 실린
시인의 산문, 「그림자論」이 일깨워 준 상념들을 기반으로 하였다.

로 560번길
60beon-gil(Rd)
78번길
18beon-gil(Rd)

거짓말

모르게 튀어나온 믿게 만든 핑계
잊어버렸다 꼭 밤 11시 40분에 생각나는 숙제
비가 오는데 가릴 것 없는 길에서 만난 배탈
기어에서 자주 이탈하는 헐거운 체인
세 잔 마셨는데 저기 보이는 경광등
먹은 건 물밖에 없다는데 찐 살
목록에서 지워버린 사람에게 생긴 부탁

꼭꼭 숨긴 줄 알았더니 혀 밑에 달랑달랑 거짓말

가려움증에 관하여

가려움은 뻔한 술래잡기다
은닉하고 있다가
고개를 삐죽 내미는 순간
볼 것도 없이 녀석을 잡아챈다

가려움은 지겨운 술래잡기다
이리저리 날뛰는 놈들을
수없이 잡아들여도
날밤을 새우도록 끝내지 못한다

가려움은 짝과 함께 할 술래잡기다
제 등을 보여주지 않는 달처럼
등 가운데로 돌아가 숨으면
짝이 없다면 속수무책이다

가려움은 사정 봐주지 않고 노골적으로 튀어 오르고
가려움은 또 다른 가려움을 몰고 다니고
가려움은 인생을 성찰하게 만든다

내 살갗 밑에 잠복해 있는
이 뾰족한 군사들을 달래는 일은
스스로 둥글둥글해지는 길밖에는 없는 것 같다

/ 20071103

탈모

튀긴 콩 한 알에 머리 한 올씩 솟는다면
내 등에 가득 콩 심어 당신은 밭 매 주소

/ 20060530

사랑

사랑 끝에는 미움이 있고
질투 끝에는 사랑이 있다
사랑을 붙잡은 손을 놓치면 미끄러져 미움에 이르고
질투를 하다가 하다가 헛딛은 발은 사랑에 다다른다
세상만사는 둥가라 하더니
사랑이 크면 미움도 크고
질투를 하는 만큼의 사랑도 질기고 독하다
나쁜 놈 미운 놈 미친 놈 죽여 버리고 싶은 저 놈이
내 몸속으로 가득 차오르는 기쁨이 되는 것이
바로 사랑이다

/ 20070623

꿍심

장미를 들고
네게 간다.

이것이 내게는
네 정수리를 내리 칠
날 선 손도끼다.

/ 20070824

서울, 저녁에 들다

노을을 色이라 부르지 말라

수석동에서 강변북로로 들어갈 때
아치울을 감싸 안으며
차창에 스미는

너 ~~ 를 ~~
놓 ~~ 을 ~~
수 없어

W호텔 반짝이고
성수대교 쪽으로 나가며 보는
서울타워
허리를 감은 노란 조명

너 ~~ 울 ~~ 거리는 노을

일렁이듯 굽으며 구르는
차량의 행렬

겨드랑이 날개 사이로
아스라이 밀려오는

너 ~~ 를 ~~
놓 ~~ 을 ~~
수 없어

그래
너에게 돌아가는
이 저녁을
노을을
오늘은 色으로 부르지 말자

/ 20070418

사랑은

사랑은
보드라움이다
내 아내의
손등과
뒤꿈치와
목덜미가
마치 그곳보다
가장
최고로
보드라운
그때에
우리의 사랑은
보드라움이다

/ 20080114

통속적

부부는
너무너무 사랑하여
죽이고 싶도록 미워하면서 사랑한다

부부는
아리도록 사랑하여
킬킬 웃다가도 유행가 한 자락도 듣지 못하게
돌연 심각해지면서 사랑한다

부부는
한쪽이 죽어질 때까지 씻기지 않는
아픔을 갉아 먹으며 살아간다.
그 아픈 상처 딱지를 뜯고 뜯으며 사랑한다

민숭맹숭이 같은 시간 속에서
경박하게 떠다니는 그를 찌르는 가시는
아내의 사랑이다

여섯 六은 육감적이며 관능적이다

샤론 스톤은 번갈아 꼬면서 은밀하게 보여주지만
六은 풍성한 하체를 적나라하게 벌렸다

아홉 九는 노골적이며 적극적이다
뒷담화로 오르내리던 음담패설과도 같이
九는 머리째로 박아 넣을 태세다

부부로 맺은 삶이란
행선지도 모르고 올라탄 기차와 같다
그저 통속적으로 부부는
빨고 핥으며 산다 살아간다 사랑한다

/ 20070331

녹슨 펌프

당신에게 다가가는 내 눈빛의 끝에서
두루루 구르는 눈물
빈 마당의 녹슨 펌프

뒷꿈칠 앓는 비상의 갈망을
뒤틀린 물관 속을
붉은 비듬 떨어진 지척에
어지럽게 추락하는 쓸쓸한 구름이여

Fantasy 2

하얀 5는 여전히 그곳에서 숨 쉬고 있다

5는 배불뚝이다
5는 임신 중이다
5는 복수가 찼다
5 속에는 기생충이 득시글거린다
5는 똥배다
5는 뒤로 해야 편하다
5는 몹시 숨이 차다
5 속에는 코끼리가 들어 있다
5는 자기 게 안 보인다
5는 눕지 못하는 운명이다
5는 羊水다
5 속에는 닭 잡아먹은 늑대가 있다
5는 총열과 탄창이다
5는 빈총이다
5는 허풍선이다
5 속에는 때마다 아우성치는 정자들의 원망이 있다

검은 5를 벗겨 낸 그곳엔 하얀 5가 남았고
너를 향해 射精을 하지만
그놈들은 여전히 내 불알 속에서 죽는다
매듭인 채로 물속에 처박힌 운동화 끈처럼
지뢰는 곳곳에 있다

/ 20070416

1 VS 0

지나온 길들은 모두 지워졌고
거부할 수 없는 외나무다리
스핑크스를 향한 도전처럼 까마득한 낭떠러지
뿌리는 있되 모름과 앎의 언저리를 떠도는
개구리밥 같은 기억의 조각
기억의 회로를 들쑤시면 흙탕물만 잔뜩 일어나고
잘생긴 기억의 어류들은 그물코를 비웃으며 어디론가
사라지고
걸려 나오는 것은 너절한 쓰레기뿐
그렇게 회로는 과부하로 열 받고
건너든지 빠지든지 후퇴할 수 없는 이진법
앎을 소환한 다음 모름을 추궁하면
앎은 발가벗겨지고 모름의 알갱이들만 가득해
맨발바닥 아래서 서걱거리는
모름의 모래알들을 매달고 건너는 외나무다리

/ 20080531

연두의 힘

저 窓 밖의 마른 꽈리방울을 보라
지난 겨울을 홀로 버틴 그는 가볍다
가볍디가벼운 그의 무게를
역시
속 비운 줄기는 지탱하고 있다
입춘을 지난 바람은 훈훈해지고
때로 먼지를 이끌며 지나갈 것이다
하여 어느 날
그가 땅에 내리는 날
아니, 그가 공중에 스미는 날
그의 전체로 대기가 되는 날
세상은 그가 터뜨린 연둣빛을 보리라
연두의 힘은 이처럼 오롯이 속 비운 가벼움 속에 있다
오늘 窓 안에서 흐릿한 그를 보며
그의 몸뚱이에
너무 버거워진 내 먼지를 매달고 싶어졌다

/ 20060221

辛

매운 맛 알아요
뭐 그딴 거 물어보냐고요
매운 게 과연 맛이에요
전현무한테 물어보라고요
도대체 매운 걸 제대로 아는 사람이 없으니까요
유튜브서 맵부심 맵부심 그러는데
그냥 그러는 사람 투성이에요

매운 건 혀만으로 아는 게 아녜요
몸의 모든 점막이 알아요
그러면 맛이 아니잖아요
TV에 매운 거 나오는 거 보기만 해도
땀 흘리는 분 있어요
모니터에서 매운 게 튀어나와 그분을 찌르기라도 했
나요
매운 거 억지로 넘기면 딸꾹질 하는 분도 있고요
이분은 왜 또 그러세요
저는 매운 게 같은 공간에 있으면
그게 보이지 않아도 느껴요

제게는 재채기와 콧물이에요
그리고 아래로 나갈 때는 더 심해요
위와 아래 이중의 고통이죠
저는 매운 맛이란
독립적으로 존재하는 게 아니라고 여겨요

은허 갑골문은 한자의 원형이에요
갑골문에서 설 립(立)은
사람이 땅 위에 옆으로 팔을 벌리고 선 모양이에요
근데
몽고족에 배신자는
거꾸로 매다는 습속이 있었다대요
헬스장에 꺼꾸리 있잖아요
그거 오래 해 보셨어요 안 해 보셨죠
힘드니까요 어떠세요
눈에 압력이 쏠리고
코 점막은 어떻던가요
그거 지금 표현 안 하셔도 되요
바로 그거에요

거꾸로 매달려 봐야 아는 거에요
진짜로 매운 맛은요
갑골문에서 설 립 자를 거꾸로 한 게
바로 매울 신(辛)이거든요
이 견해는 저만의 비밀이었어요

/ 20250428

그런 너처럼

언제나 오늘만을 흐르는 강처럼

튀어 오르는 봉숭아 씨방처럼

상투적으로 꼬물거리는 덩어리처럼

은밀한 기슭에 내린 사람처럼

손바닥에 그리는 끝 모를 니선처럼

박차(拍車) 톱니에 튀는 햇빛이 윙크인 것처럼

들창문을 계속 당기고 있을 때처럼

흠칫 등을 드러낸 달처럼

자유롭게 하기도 하고 잡고 있기도 한 신(靴)처럼

사소한 시간이 찔러 피 냈을 때처럼

동전 혹은 카드 등을 대고 선 공중전화처럼

두꺼운 구름에 부딪힌 바람이 크게 울었을 때처럼

돌아갈 쪽배도 없이 남겨진 섬처럼

그런 너처럼

/ 20250425

中二病

中以重李仲夷中貳中李
中二重貳重貳中貳中易
中餌中頤重離重移中離
中耳重罹仲餌仲弛中贏
衆異重易中已中珥重理
竝病秉兵鉼迸屛昞瓶炳

그에겐 마음이 맞는 친구가 있었어
둘은 모두 이씨야
부모에 버금가게 한겨레로 붙어서
길고도 진한 중이병을 겪었어
그 중 한 아이 내 아들에 관한 얘기야

중2는 참 더디게도 흘러
그의 삶은 두 배로 무거웠을 거야
그와 우리는 자주 두 마음이 되었지
학교와 학원에 가도 늘 두 마음이야
곧았던 마음도 이때는 쉽게 변하게 마련이지

자주 거기에는 거저 낚을 것이 많다고 여겨
친구의 턱을 맞히고 오던 날
진한 이별을 겪었던 어느 날
거듭되는 가출에 서로의 믿음도 따라 떠나고
그는 패싸움 무리에서 떨어져서 풀려나기도 했어

도무지 그의 귀는 뚫리지가 않아
무겁게 책망하는 가슴은 찢어지고
차선책을 미끼로 던져보기도 했지만
이 시기엔 누구도 느긋해질 수가 없어
결국 우린 파리한 몰골이 되어 딴 세계에 버려졌지

사람들은 그저 그가 다른 세계에 있다고 생각하네
자신들의 일이 아니니 때론 쉽다고 하지
그런데 그가 어떤 날 귀고리를 하고 나타났던 것처럼
중2가 되는 순간 이미 그곳에 갇혀버린 것과 같아
어떤 오묘한 이치를 통해서 해결할 수 있는 것도 아냐

우리는 근심이 버릇이 된 거지

잡아서 군대에 보낼 나이도 아니잖아

그가 영영 달아나기 전에 그를 구할 두레박이 필요
했어

어둔 병풍같이 버티던 시간이 밝아져 오듯이

그가 지닌 항아리에 여태 밝은 불꽃이 남아있더군

/ 20250427

歲와 月

저런어쩌 고만해 어서접고 화해해
애고미쳐 위험해 자고나면 후회해
다짐만 반복해대며 울렁울렁 넘는해

일년전에 오신분노 어세만난 거같고
그저께 만난분도 어제오신 거같네
시간은 쏜살과같고 기억들은 뒤엉켜

dongho Jesus

나는 재림예수야
몰랐지
세상을 구하려고 왔다는데
할 수 있는 게 별로 없어
너무 안타까워 하지는 마
나도 잘 몰랐으니까
나는 물 위를 걷지도 못하고
물을 포도주로 바꿀 수도 없어
글구 앉은뱅이를 일으켜 세우지도 못해
무엇보다 빵과 물고기로 뻥튀기를 할 줄도 몰라
다만 가는 바늘 하나로 사람을 고치는 재주가 있어
그거 하나 뿐이야
그래도 나는 재림예수야
너희들이 몰라줄 뿐이지
할 수 없어 내가 증명할 필요는 없으니까
나는 재림예수야

Amado Mahomet

마호멧
나는 우물 안에서 외친 자야
당신은 내게 돌멩이를 던지도록 했지
그들은 내 소리를 들었어 분명히
그 우물은 결국 내 피라밋이었던 거군 마호멧
그러니 내겐 초승달 칼을 든 전사를 보낼 필욘 없겠지
나는 뭐 돼지고기도 잘 먹었지 마호멧 그 맛난 걸
내 아들은 복수의 화신이 될 거야
혼자서 목 따는 기술을 익힐 테고
마호멧 그렇지 않아
정통이란 건 허울이야 그렇지
당신이 키운 전사들을 좀 봐
구호와 포장이 요란한 자들이 어떤 족속들인지
당신이 죽는 날은 유월삼십일이 될 거야 아마도
아마도 마호멧

dongho DALAI

나는 환생한 부처야
알고 있었다고
그럼 왜 진즉 데리러오지 않았어
나는 고기를 안 먹고 밀가루를 안 먹고 커피도 알칼
리물도 안 마셔
대신 사시미를 좋아하고 麵을 좋아하고 완두콩과 초
콜릿을 즐겨
먹을 것을 지키는 일은 뭐 은밀하고 신비스러운 수행
은 아냐
허지만 그 어떤 종교적 실천보다도 고통스러운 선택
이야
본능을 억제하는 일이니
자위로 해결하는 것과는 차원이 달라
대웅전 삼천배는 性徹 면담의 조건이었어
삼천 번 절 하다보면 스스로 해결해버리거든
체질식도 그래
잘 지키다 보면 절제의 길이 보여
東武 공이 욕심 없애라고 한 것이 바로 그거야
아니 참

나는 동무 코   싱인 거 같아
　　　　　쪘었다고
그럼 내 환생은 찾지 마 부디

夫婦絶句

否副附膚扶伏浮富
付府負負斧釜抔簿
溥覆赴埠俯仆復俘
附剖傅負偵芣訃腐

서로에게 버금이 아닌 으뜸
떨어질 줄 모르던 시절
누가 넘어뜨리지 못하게 꼭 안아 붙들고
하지만 뜬구름 같은 다짐

부디 관청에 갈 일일랑 만들지 마
모두가 부끄러운 일이야
설령 도끼로 솥을 깬다고 해도
장부는 꼭 움켜쥐고 있어

세상은 두루두루 넓어
그러다 부두에 다다랐을 때
망설이지 말고 숙이고 엎드려
다시 사로잡아 꼭

갈라진 것을 꼭꼭 봉합해
지나온 삶이 스승이 되어 도와줄 거야
수레 아래 질경이처럼 굳게 버티다가
그러다 그렇게 세상에서 스러져가는 거야

/ 20250426

새벽에 깨니

晨覺眼醒 顧面左虛 擧上視下 陰處倂起
探妻出室 臥椅耽睡 搖身問向 呼兒戴任
送歲廁所 出粧脫服 轉側露臀 眼光刺尾
阪羞着襪 倚臺屈頸 腰搔趾痒 認知誰作
始推足心 漸移陵谷 雙舌弄唾 指索深液
吾立負妻 互相術拏 擦毫彈弓 嘆吟鳴空
行中瞻時 臀速急疾 軟紙慰頭 哦嗟出勤
束帶飛襟 促待降機 加達肢騰 瞼千斤朦

/ 20060520

10

구루마와 덜덜이

"저그 바께 인는 거 본게 구루마할무이 완는가베?"

- 예. 먼저 오셔서 할머니 늘 하시는 거 먼저 하고 계세요. 다른 거 하시면서 좀 기다리셔야겠어요. -

"아라따."

구루마할머니에게 선수를 뺏긴 게 아쉬운 눈치다. 인상이 쌜룩해진다.

얼마 후, 구루마할머니가 치료를 끝내고 대기실에서 차 한 잔 드시고 계시다가

"아! 덜덜이할매 왔쏘? 한참 걸릴 중 알았더니 날래게도 오셨네."

"슬슬 왔다 아이가. 낼로 혼자 두고 질질 잘 밀고 가대?"

구루마할머니와 덜덜이할머니의 신경전이다. 덜덜이할머니는 비록 자신이 심하게 몸을 떨며 다닐지언정 지팡이 하나에만 의지에 두 발로 직립하여 다님을 은근히 내세우면서, 구루마에 몸을 얹듯이 밀고 다니는 할머니를 질책하는 것이며, 구루마할머니는 '그렇게 혼자 나다니는 것은 위험하다.'는 아들며느리의 만류를 들으면서도 위태롭게 온몸을 떨면서 줄기차게 돌아다니는 덜

덜이할머니가 안쓰럽고, 며느리에게 노골적으로 쓴소리까지 듣는 처지에 대하여는 고소하기도 하며 함께 서글퍼지기도 하는 것이다.

구루마할머니는 허리가 많이 굽기는 했지만 낡은 유모차를 밀고 다니면서 빈병이나 폐지 나부랭이를 모아서 푼돈이나마 만들어 침을 맞으러 오시는데 덜덜이할머니는 빈 주머니로 오신 날은 '웁따'하며 그냥 가신다. 어떤 날은 어지럽다며 택시를 불러 달라 하고서는 침 값은 내지도 않고 간다. 거의 매일 출근부에 도장을 찍으니 나로서는 그저 안전하게 귀가하시기만을 바랄 뿐이다.

두 분 모두 여든이 넘으셨는데 사실 구루마할머니가 칠년이나 위다. 그런데 두 분이 나누는 대화를 옆에서 보면 덜덜이할머니가 상전 같다. 구루마할머니는 아들딸이 있으나 혼자 살고 있고, 덜덜이할머니네는 스무 평 남짓한 좁은 연립주택에 아들내외, 손자내외, 증손주 둘, 일곱 식구가 함께 산다. 할머니가 방을 하나 차지하고 있으니 다른 식구들이 불편한 것이야 두말할 나위가 없다. 덜덜이할머니도 가만히 집에 계시는 성품은 아니니 뜨거운 날이 시작된 이 즈음으로 보면 집 안에 박혀 있는 건 차라리 고문이다.

이제 인생의 막다른 골목에 이르러 두 분이 지탱하는 삶의 무게가 너무 버겁다. 생명의 불꽃은 좌우로 심하게 요동치며 덜덜거리고, 구루마에 의지하고서도 굽은 등으로는 하늘보다는 땅을 보는 것이 더 수월하고 가깝다. 내가 하는 처치와 치료가 두 분에게 조금의 위안이라도 드릴 수 있다면 그 뿐이다.

/ 20070605

기억의 단층

기억의 지층은 쌓인 대로 차곡차곡 덮히는 줄 알았다.

그런데 어느날 내 기억을 꺼내 보다가

여러 기억들이 마치 동일한 시간대에 존재한 것처럼 얽혀있는 걸 보았다.

마치 세월의 무게에 눌려 여러 시간대가 압착된 것처럼 보였다.

그리고 기억 속에는 끊긴 곳도 많았다.

어느 시점까지는 생생히 기억나다가도

마치 절벽을 만난 듯 기억이 사라져버리는 곳이 있었다.

기억의 斷層이다.

등가의 원리

우주 안의 모든 생명체는 생명을 지니고 있음으로 동등하다.

입이 없어서 못 먹어 하루를 넘기기가 힘든 하루살이의 삶과 나의 삶이 동등하고,

저 광활한 우주 속 태양보다 훨씬 더 큰 항성의 삶과도 동등하다.

고등생물, 하등생물이란 구분은 인간의 처지에서 본 기준일 뿐이다.

이렇게 생명체는 동등하고, 생명체의 삶은 等價의 원리를 지닌다.

아래의 式과 같다.

| 好 | = | 不好 |

이 식은 서로에게도 통하고 홀로인 경우에도 통한다.

이 식은 간단하고 쉽다.

예를 들면, 연인들이 깊이 사랑하다가 헤어지게 되었다.

만약 이별 전후의 상황이 기쁨과 슬픔이라면 이 두

감정은 등가라는 것이다.

그런데 한 쪽은 아픔인데 다른 한 쪽은 시원함이라면 이때도 역시 등가의 원리가 적용된다.

| 기쁨 | = | 슬픔 |

| 아픔 | = | 시원함 |

거리의 노숙자가 가진 단돈 만원과 재벌 총수가 지닌 천억도 등가다.

노숙자의 만원은 충족인데 재벌 총수의 천억이 골칫거리라도 마찬가지다.

| 노숙자의 만원 | = | 재벌 총수의 천억 |

| 만원의 충족 | = | 천억의 골칫거리 |

한순간 쾌락의 대가로 평생의 고통을 지불해야 한다면 그 쾌락과 고통도 등가다.

| 한순간의 쾌락 | = | 평생의 고통 |

이 식이 지닌 뜻은 이와 같다.

女와 男

여자와 남자 사이의 연애는
함께 놀이동산에 들어가는 것과 같다.
우선 처음에는 돈이 아깝다는 생각은 별로 없다.
그런데 제한 시간은 있다.
설레고
궁금하고
가슴이 뛰고
흥분되고
즐겁고
마음껏 상상하고
두렵고
공포스럽고
짜릿하고
아쉽고
실망스럽고
놀랍고
지루하고
황홀하고
절망적이고

또 돈도 많이 든다.

그리고 식는다.

사람 사이의 모든 관계는

어느 한 편에서 의심이 싹트는 순간 끝이다.

그리고 스포츠 브랜드 Kappa의 로고처럼

등을 돌리게 된다.

등 돌림이 바로 배신할 배(北)이다.

그러므로 배신이란 아주 친밀한 사람이 등 돌린다는
뜻이다.

그래서 상처가 깊다.

하지만 배신이 어느 일방의 잘못만은 아니다.

모든 관계란 서로이기 때문이다.

나아가 모든 만남에는 반드시 헤어짐이 있다.

마음의 窓

눈은 마음의 窓이라고 하지
무슨 뜻인지 알어
사기꾼은 먼저 무엇을 보고 속여 상대가 가진 욕심을
보지
그리고 뭘로 유혹해 말로 부추기지
글치 그 욕심에 낚시를 걸어 채는 거지
속이려면 보통 화술이 필요하지
언변이 부족하면 유력자를 팔고
제스처도 있어
동물들은 위장색이 있고 군인은 위장크림을 바르지
말로 속이고 몸짓으로 속이고 색으로 속여도
우리 몸에서 절대로 속이지 못하는 부분이 있거든
내 눈빛은 내가 의도적으로 속일 수가 없어
눈빛은 절대로 위장할 수가 없다는 거야
그게 마음의 창이라는 뜻이야
눈이 맞았다는 건 마음이 통했다는 것
눈에 밟힌다는 건 내 마음에 찍힌 그의 마음이 지워
지지 않는다는 것
안목이란 눈을 통해서 들어온 세상의 모든 정보에 대

한 내 마음의 반응이야

　마무리로 이거야

　너를 처음 만나러 올 때 짙은 선글라스 끼고 온 사람
은 절대 믿지 마

악처라는 말

악처라는 말을 떠올려 보면
자기 처를 악처라고 부르는 남자를 두둔하는 듯한 태
도가 보인다.
즉 악처라는 말은 남성 위주의 사회가 만들어낸 말
이다.
하지만 그의 처가 악처일수록
그의 처에게 그 남편은 분명코 나쁜 놈일 것이다.

소크라테스나 공자의 부인이 악처였다는 추측이 있다.
이런 위대한 인물들도 예외가 없다.
악처의 반대쪽은 나쁜 놈이거나 나쁜 남편일 뿐이다.

/ 20070817

망각

텃밭을 가꾸거나 화단을 꾸미거나
적당한 노동을 하면
스트레스 해소에 도움이 된다고 하는데 일단은 그렇다.
근데 해소라기보다는 妄覺이라고 보는 게 맞다.
우리 몸이 정상이면
노동에 집중하는 동안 망각이라는 참으로 편리한 장
치가 작동된다.

1990년에 군에 있을 때 결혼했다.
밥풀 두 개 중위였다.
결혼하기 전에는 세탁물이 있으면 부대 앞 PX 세탁
소에 맡겼다.
바지 한 장에 오백 원이었다.
결혼 후에 다림질은 내 몫이 되었다.

요즘 군인들 군복을 보면
이젠 다림질을 해서 角을 잡지는 않는 것 같다.
그런데 그 시절엔
군화에 광내기

군복엔 줄잡기

사실 군대라면 전쟁을 대비하고 있는 집단이니
세상 쓸데없는 일 중에 하나인데
전쟁을 잊은 군대는 오히려 그런 데 집중한다.
아주 높은 곳에 번쩍이는 계급장을 달고 있는 놈들부
터 그렇다.
지가 스스로 할 필요가 없는 놈들일수록 더 신경을
쓴다.
당나라 군대라는 말이 괜히 있는 게 아니다.

군복을 벗은 후에도
우리 집에서 다림질은 나의 일이다.
아이 둘 교복도 내 손으로 다려서 입혔다.
헌데 이게 묘하다.
어떤 날 셔츠 예닐곱 장 다리다 보면
힘은 좀 들지만 정신이 맑아진다.
그래서 머리가 복잡한 날은
일부러 다리미판을 꺼내곤 했다.

사기꾼 구별법

알아
사기꾼 유형을 가르쳐 줄게
새로운 치료법을 들고나온 사람이 있어
그건 자기가 만든 게 아니고 자기 스승님의 것이래
근데 그 스승이란 사람은 돌아갔고
남겨 놓은 자료도 없대
그렇다면 그건 사기야
자기가 만든 게 아니니 지 책임은 아니고
스승은 인제 없으니 스승을 증명할 도리가 없잖아
이게 하나야 돌아간 스승을 파는 자
다음은
그들에게 근거는 있어
다만 그 근거란 것이 아주 초라하고 사소해
군용건빵에 별사탕 있지
예전에는 그 별사탕 속에 노란 심이 있었거든
그거 알아 좁쌀이야
좁쌀이 근거라면 설탕이 거짓이야
우리 모두 잘 알고 있잖아 황우석
한 개면 어떻고 열한 개면 어떻습니까

근래에는 재벌 혼외자 컨셉이 유행했어
이게 근거가 전혀 없는 사기 수법이거든
그런데 의외로 잘 속아
이건 기본적으로 말빨로 멕이거든
상대를 제일 잘 홀리는 부류가 이런 사기꾼이야
폰지사기라고 들어 봤어
돌려막기 사기야
이건 정말 치명적이야
왜냐면 당신과 가장 친한 사람한테 속는거거든
보통 통이 크지 않는 자들은 한몫 챙겨서 튀거나 날라
가까이 있는 사람을 조심해
배신할 北자 뭔지 알라
스포츠브랜드 KAPPA 로고 있지
그거야 등 돌린 두 사람
그게 배신할 배야 조심해
거창한 틀과 원리를 들먹이는 건 거의 종교사기야
그럴듯하고 또 애매모호해서 쉽게 알아차리기 어려워
재산을 탕진하고 가족과 결별해도 빠져있어
늪이란 걸 당최 몰라

지금 이 시간에도 세상 사람 중에 가장 많이 당하고 있는 게 이거야

이게 최고로 조심할 사기꾼이야

이런 거 알려주고 있는 나에 대해서는 어떤 생각이 들어

속담과 체질

"콩 심은 데 콩 나고 팥 심은 데 팥 난다"고 하지
원인과 결과가 당연한 이치라는 말이야.
체질은 유전되거든.
자식은 아버지나 어머니 한쪽의 체질을 받아.
다른 체질은 나오지 않아. 아니라면 큰 문제 아냐.

그럼 이제 속담과 체질에 대해 좀 알아볼까.

肝에 기별도 안 가도록 먹는 사람이 있어.
수음체질이야. 날 때부터 胃가 약해서 그래.
무리 속에서 있는 듯 없는 듯 그런 친구 있지.
물처럼 스며 있어서 그래.
그 사람 눈을 보면 금방 눈물이 나올 것 같은 눈이야.
물을 닮아서 그래.

충북 진천에 가면 농다리가 있어.
오래전 고려시대 초엽에 돌로 만든 다리야.
아직도 멀쩡해.
그런 돌다리도 두드려 보고 건너는 사람이 있거든.

아마 그런 사람이 분명히 있었고 그걸 보았던 사람들이 기록을 남긴 거야.

근데

그런 사람은 사촌이 땅을 사면 배가 아프기도 하거든.

이건 離間의 욕망이라고 말해. 요상치 수양체질 야그야.

하나를 가르쳐 주는데 열을 안다면 분명 천재지.

그렇다고 모든 금양체질이 천재라는 건 아냐.

나이가 어린데 자기보다 훨씬 나이 먹은 사람들한테 스승 소리를 듣고 있어.

될성부른 나무는 떡잎부터 알아본다고 그러잖아. 그런 사람 말이야.

그런데 그런 사람은 좀 자기밖에는 몰라. 지 자랑이 아주 심하기도 해.

그건 自誇癖이라고 불러.

그리고 절대루 자기 잘못이라고 인정하지를 않고 늘 남 탓을 해.

아주 거대한 것을 꿈 꿔. 그것이 허무맹랑한 것인데

도 말이지.

글구 남이 하는 허황한 얘기도 잘 믿어.

마트서 싸우는 사람 본 적 있어.

금음체질은 건강이 나빠지면 화를 통제하지 못해.

고속도로에서 시비 붙었는데 트렁크에서 야구방망이 꺼내는 사람 있잖아.

정말 그건 왜 넣고 다니는 거야. 대체. 조기야구 회원이야.

이런 사람들은 카리스마가 있어. 카리스마가 무언가. 그게 바로 金氣거든.

속된 말로 한 칼(劍) 있다고 하잖아. 무섭다는 뜻이다.

모난 돌이 정 맞는다고 그런 사람이야.

망건 쓰자 파장된다고 생각이 너무 많아서 때를 제대로 맞추지 못하기도 해.

김대중은 생각을 오래 했고, 김영삼은 재빨리 삼당합당을 했잖아.

김대중은 금음체질이고 김영삼은 목음체질이야.

모기 보고 칼 빼는 사람은 목음체질이야. 너무 야단스럽게 덤비지.

사자성어로 見蚊拔劍이거나 針小棒大라고 쓰지.

노루가 제 방귀에 놀라듯 제풀에 놀라기도 해.

약간 오버액션하는 경향두 있고 퓨수기도 좀 있어.

콩나물에 낫걸이라는 속담도 있군.

걱정도 팔자라서 오래되면 우울증이 깊어져.

여섯시였다가 금세 열두시가 되는 사람 있잖아. 그러다가 금방 여섯시 되고.

감정의 센서가 그만큼 민감하다는 거야.

병원 가면 躁鬱症이라고 해.

병명을 왜 붙여, 그래야 정신과의사가 먹고 살 수 있으니까.

토음체질은

권도원 선생이 말씀을 잘못 남기셨어. 그렇고 자료를 찾기가 힘들기도 해.

어려워.

이 사람은 率直해. 그래서 아부를 잘 못 해.

그래서 敵도 많고 친구도 많아.

바른 소리를 하면 그렇지 않아.

평생 소화불량이 무언지 체한다는 게 무언지 모르고 산다는 사람이 있거든. 몇 명을 알고 있어.

건강해지면 얼굴이 약간 불그스름하기도 해.

그런데 심하면 미스 홍당무 되는 거지. 공효진이 주인공 했던 영화 있잖아.

나는 공효진보다 러시아어 샘 역할 했던 황우슬혜가 기억에 더 남아.

러시아어로 라이터 어떻게 발음하는지 알아.

한민족이 단일민족이라고 믿는 건 오랜 주입식 교육의 결과야.

우리 한민족 구성원 중에서는 토양체질이 제일 많아.

그래서 토양체질과 관련한 속담을 찾는 건 참 쉬워.

이 사람들은 오지랖이 넓은 사람들이야.

아파트 부녀회장 생각해 봐. 금방 알겠지.

자기 집에 쌀독이 빈 건 잘 몰라도 남의 집 숟가락이 몇 개인지는 알거든.

우물에 가서 숭늉을 찾고,
시집도 가기 전에 기저귀 장만하고,
동에 번쩍 서에 번쩍하고,
가랑잎에 불붙고, 다 급해서 그래.
언변도 좋아 그래서 말로 해결하려는 경향이 짙어.
천 냥 빚도 말로 갚고,
거짓말하는 데는 참기름을 쳤고, 식은 죽 먹듯 해.
너무 뭐라 그러지 마. 워낙 쪽수가 많으니까 나쁜 말
도 많이 남게 된 거야.
선무당이 사람 잡고,
빈 수레가 요란하고,
완장 하나 채워주면 마치 정승 된 것처럼 굴어.
혀를 즐겁게 하는 맛 있는 거 찾아다니는 사람들은
거의 이 체질이야.

大器晩成이란 말은
항아리 만드는 과정에서 나왔어.
진흙을 가래떡처럼 만들어서 그걸 바닥부터 한 칸씩
돌려가면서 쌓아야 하거든.

중간에 어떤 과정을 빼먹을 수가 없어.

그래서 시간이 오래 걸리는 거야.

이 속담에 어울리는 건 목양체질인데

미꾸라지 먹고 용트림하는 태도가 기본이야.

그래서 사람들이 거만하다고 느껴.

열 길 물속은 알아도 한 길 사람속은 모른다고 하잖아. 목양체질이야.

이들은 평소 말이 별로 없어.

그래서 감정변화가 얼굴에 나타나지 않고 말로 표현하지도 않으니

다른 사람들이 잘 알아차리지 못하게 되는 거야.

포커판에서 돈 따는 사람 포커페이스라고 하잖아.

레이디 가가 노래도 있지.

이들이 본시 돈 냄새를 잘 맡기도 하고 표정으로 속내를 들키지 않으니까 그래.

벼 이삭은 익을수록 고개를 숙인다고 하지

교양 있고 수양을 쌓은 목양체질은 아주 겸손하고 자기를 내세우려 하지 않아.

우직하고 의지가 굳고 끈기가 있어. 김구 선생이 아

마 목양체질인 거 같아.

근데 8체질 중에 제일 푼수데기가 목양체질이야.

푼수 연기 잘하는 연기자 있지.

그건 아마 연기가 아닐 거야. 자기 속에서 나오는 거지.

/ 20250424

8체질(Eight Constitutions)

금양체질 金陽體質 Pulmotonia

금음체질 金陰體質 Colonotonia

토양체질 土陽體質 Pancreotonia

토음체질 土陰體質 Gastrotonia

목양체질 木陽體質 Hepatonia

목음체질 木陰體質 Cholecystonia

수양체질 水陽體質 Renotonia

수음체질 水陰體質 Vesicotonia

반딧불이

반딧불이 이름만 알고
어떻게 생겼는지 궁금하지도 않은 사람처럼
나한테 침을 맞는 분들도
침자리가 어떤 건지
물어보는 경우는 거의 없어
때때로
침놓는 기구를 보고 싶어 하는 꼬마는 있지만
그들만 그런 게 아니야
한의사들도 실지는 무덤덤하지
잘 모르겠으니까 더 파보지 않는 거야
그리고 무엇보다 보이지를 않으니 감감하고 아리송
하고
어린왕자가 말했어
정말 중요한 것은 눈에 보이지 않아
당신은 생명을 본 적이 있나
살면서 어떤 선생이 생명을 가르쳐 준 적이 있나
익히 알고 있듯이 생명은 눈으로 볼 수 없어
이렇듯 생명의 카테고리에 속한 것들이 있지
빛 불 공기 물 경혈 경락 체질 같은 것 말이야

물속 생물에겐 물은 보이지 않을 테니
침을 놓는 자리는 경혈이라고 해
경혈이 이어진 길이 경락이고
체질침을 맞는 곳은 특별히 장부혈이라 부르지
그곳은 눈에 보이지는 않지만
옛 선인들이 자리는 알아냈어
하지만 그것들이 살갗에 점이나 선으로 그려진 것은
아니야
마치 보이는 것처럼 그걸 새겨놓은 게 경혈경락도나
동인이고
장부혈은 빛의 속도로 감응하는 센서야
피부 바로 밑에 있어
그러니 침으로 피부를 조금 뚫어야 신호가 가
침으로 보내는 신호가 장부혈에 닿는 순간
빛의 속도로 몸 전체가 반응하는 거지
사실 선으로 표시한 경락이란 건 별 의미는 없어
다만 자극의 방향과 관련이 있어
장부혈에 순서에 맞게
방향을 정해서

형식을 맞춰
일정한 회수로
침을 찌르는 것이
체질침이야
이것은 스마트폰에 들어가는 앱과 같이
프로그램된 처방이 있어
프로그램이 명령이니
몸이 처방을 받으면
그것을 수행해
그래서 처방이 몸에 제대로 맞으면
몸이 반응하고 변화하는 거야
반딧불이 모르던 그분
이젠 알겠죠
예전 우리는 반딧불이를
호다리꽁이라고 불렀어요
호~호~호다리꽁
우리가 쓰는 경혈이나 경락 장부혈은 중국의 전통인데
인도나 티벳 다른 나라에도 이와 비슷한 이론이 있답
니다

피부묘기증

여섯 살 외손녀를 둔
여자가 말했어
걔가 몹쓸 병이래요
뭔 일인가 물었더니
피부묘기증이래
약을 몇 달분을 받아왔다며 슬프대
밤낮으로 긁어대니 너무 안타깝다며
허 참
그러고 틱도 있다네 눈을 깜빡이고 어깨를 들썩인다며
딸이 한숨을 푹푹 쉬면서 세상 끝난 것 같은 걱정이
라고
딸을 설득해서 셋이 함께 오라고 일렀어
나는 애초에 침놓을 생각도 안 했어
아이가 왔길래
내 앞으로 가까이 오게 하고 두 손을 가볍게 쥐고
부드럽고 다정하게 말했어
채윤아 너는 환자가 아니야
병 든 게 아니란 뜻이야
선생님이 보기에 고기랑 밀가루만 좀 안 먹으면 좋

겠어

　그럼 피부과서 준 약은 안 먹어도 괜찮아

　그거 할 수 있겠어

　아이가 고개를 끄덕였지

　그리고 엄마에게 특별히 조심할 것을 몇 가지 더 알
려주고

　약은 끊고 지켜보자고 했어 두 달만

　증상이란 반응이야

　그런데 증상이 요란하면 심각하다고 받아들이지

　그 반대인 경우가 더 많아

　특히 아이라면

　틱은 의사 만나고 환자가 되어버린 불안감의 표출이야

　결과 궁금하지

　이거 쓴 걸로 충분한 거 아냐

TIC

여러 가지 틱 증상을 가진 초등학교 1학년 아이가 왔다.

이 아이는 이미 틱 장애와 ADHD로 진단을 받고 1년 넘게 약을 먹고 있다.

나는 아이와 두 손을 잡고 관찰하면서 오래도록 이야기를 나누었다.

특별한 이야기는 아니고 어느 초등학교에 다니는지,

같은 반 아이들은 몇 명인지,

그중에 이름을 아는 친구는 몇이나 되는지, 뭐 이런 내용이다.

그러는 중인데 아이의 엄마가 지켜보다가 혼자서 계속 운다.

아이를 잠시 밖으로 보내고 엄마에게 왜 그러는지 물었다.

자신과 남편과의 관계가 조화롭지 못하다는 것이다.

그러면서 다른 문제들이 더 있다는 것도 듣게 되었다.

나는 아이를 치료하지 않고 그냥 보냈다.

대신 자주 와서 내가 아이와 더 친해진 다음에 치료를 시작하겠다고 말했다.

이것이 아이에 대해서 내가 알게 된 전부이다.

틱 장애는 기본적으로 불안장애라고 생각한다.

아이에게 생긴 답답함(鬱)이 신체 증상으로 표출되는 것이다.

나는 아이를 답답하고 불안하게 한 요소 중에

아이 엄마와 아빠의 불화가 큰 부분을 차지할 거라고 추정했다.

만약 나의 추측이 맞는다면

아빠와 엄마는 자신들의 문제를 '병든 아이'라는 상황으로 치환한 셈이다.

村山富市

일백한살이 되는 무라야마 도미이치 씨께 여쭈었다.

한국 속담에 "오래 살면 辱이 많다"가 있습니다.

혹시 그동안 주변 사람으로부터 욕을 들었을 때 어떻게 대처하셨습니까?

살아오시면서 가까운 사람들이 먼저 세상을 떠났을 때, 그 아쉬움과 슬픔에 어떻게 대처하셨습니까?

나이를 먹으면 먹을수록 특히 안전에 취약해지기 마련인데,

특별하게 스스로 조심하는 안전 습관이 있으십니까?

일본을 따라서 한국도 초고령사회로 진입했습니다.

한국 속담에 "지혜는 돈 주고도 못 산다"고 했습니다.

젊은 사람들에게 남겨주고 싶은 말씀으로, 삶에서 가장 중요한 덕목은 무엇입니까?

제가 공부하는 체질의학의 핵심 주제는 '節制와 平穩'입니다.

慾心의 節制요, 마음의 平穩입니다.

선생님께서는 어떻게 마음의 평온을 유지하십니까?

젊은 사람들과 소통하는 선생님만의 요령이 있으십니까?

"이번 생에서는 도무지 희망이 보이지 않네"

혹시 이런 생각을 품은 사람이 있다면 그에게 해주고 싶은 말씀이 있으십니까?

하지만 답이 오지 않았다.

해서 자답한다.

욕먹을 일을 만들지 않으려고 노력하며 살았지만

그래도 욕을 들었다면 우선 몹시 화가 날 텐데,

지질한 자들과는 섞이지 않겠다고 일찍 다짐했고 그런 태도로 대처한다.

아직 가까이 있는 어린 사람을 먼저 떠나보내지는 않았다. 그들이 먼저 간다면 그저 덤덤하게 보내지는 못할 것이다. 하지만 삶은 그렇다.

특히 운전할 때 그런데 급한 자에게 양보해주고 대신 차 안에서 큰 소리로 지른다. 욕을.

삶에서 무엇을 믿느냐가 중요하다. 세상을 바라보는 격조 있는 안목을 갖추느냐.

공자께서 아침에 도를 들으면 저녁에 죽어도 좋다고 했다. 오늘 하루를 잘 보내면 설사 내일 아침에 깨어나지 않아도 상관없다. 오늘 하루를 건강하게 잘 보내면

내일이 온다.

처음 만나는 젊은이든 늙은이든 나의 정성을 다한다.

그에게 "다음 생은 절대 없다"고 강력하게 각인시키고 싶다.

/ 20250420

달팽이의 길

삶은 믿음의 길이다.
믿음은 내가 직면한 세계에 대한 안목이다.

때時는
기다리는 것이 아니다.
어느날 문득 무심코 온다.

내 안에는 神性이 있다. 물론 우주의 모든 생명체에게 저마다 신성이 있다.
신성이 있다는 것은 우주의 질서를 주관하는 주재자와 연결되어 있다는 뜻이다.
세상의 모든 컴퓨터 관련 단말기들이 거대한 서버들과 인터넷으로 연결되어 있듯이 말이다.
일이 무언가 내 뜻대로 마음먹은 대로 용이하게 진행되지 않는다는 것은
내 안에 있는 신성을 통해서 내 命줄을 쥔 주재자가 내게 경고하고 있기 때문이다.
내 몸을 통해서 주재자가 내게 말을 건네는 것이다. 그 말은 언제나 경고인 경우가 많다.

哀怒喜樂

태양인은 사람들이 정직하지 못하고 서로 속이면 슬프다.

소양인은 서로 존중이 없고 상대방을 업신여기면 화난다.

태음인은 구성원이 서로 협력하면 기쁘다.

소음인은 사회가 안전하면 즐겁다.

체질을 알고 자기의 재능을 발견해서

뭐 세상을 바꿀 거창한 업적을 이루라고 권고하는 것이 아니다.

자기에게 있는 재능이 그것을 행하는 스스로에게 기쁨과 만족을 준다.

그래서 삶을 버틸 기본적인 동력이 된다.

남에게 영향을 끼치는 것은 (별개의) 차후의 일이다.

知己知人 知人治人

자신을 먼저 안 후에 다른 사람을 알 수 있다.

그리고 사람을 알아야 사람을 고칠 수 있다.

바둑 용어에 '我生後殺他'가 있다.

내가 먼저 산 후에 남을 잡으러 가야 한다는 뜻이다.

의사 즉 체질의사는 知己 후에 治人해야 하고,

우선 나를 구원한 후에 남의 구원에 나서야 한다.

의사에게 의술이란 무엇보다도 자기 스스로를 구원할 수 있어야만 한다.

東武 공은 욕심의 조절을 통해서 요절을 면했노라고 고백했고,

東湖 선생은 체질식과 체질침을 통해서 자신의 癌을 고쳤다.

그런 자기 확신을 통해서 자신 있게 다른 사람을 구원할 수 있는 방도를 제안할 수 있었던 것이다.

어떤 시대라도 대중은 계몽되지 않는다. 이것은 역사적 진실이다.

사람들이 대중예술에 바라는 건 판타지이다.

그리고 꿈을 깨라며 현실을 인식시키는 것이 순수예술이 맡은 일이다.

예수께서 '서로 사랑하라'고 강조한 것은, 인간은 근본적으로 이기적이라서 남을 보편적으로 사랑할 수는 없는 존재라는 것을 간파했던 것이다. 이기적인 지향이 자유의지이며 욕심이다.

하기 싫은 功扶에서는 흥미와 즐거움 그리고 여유를 주는 선생이 필요하고,
스스로 잘 하는 공부에서는 엄격하고 실력 있는 선생이 필요하다.
그리고 功扶란 결국 매번 자신의 수준을 스스로 넘어서는 일이다.

高手란
직설과 비유를 적재적소에 적시적절하게 사용할 수 있는 사람이다.
상대의 수준을 훤히 읽을 줄 알고 그에 적합한 조언을 해주는 일
쉬운 것과 어려운 것의 경계를 자유로이 넘나드는 사람이다.

골대는 결코 움직이지 않는다 축구 선수 솔샤르가 말
했다.

과거가 움직이지 않듯이 미래 또한 움직이지 않는다.

무엇인가 궁리해보다가 시도해보다가 안 되는 것은
나름대로 얻는 것이 있다.

'그것이 안 된다.'는 것의 확인이다.

해보지 않았으면 몰랐을 일이다. 그리고 해보지 않았
으면 계속 미련이 남았을 것이다.

사람들은 命理를 통해서 吉凶禍福을 알기를 원한다.

하지만 자신의 運에 들어 있는 길흉화복은 바뀌지지
않는다.

명리를 통해서 알아야 하는 건 바로 命이다. '무엇을
해야 하는가'

《서유기》에서 손오공은 자신의 머리카락을 뽑아 분
신술을 부린다. 책을 만들 때마다 내 머리카락이 빠진
다. 나는 책과 머리카락을 바꾼 셈이다. 생명이 끝나는

날에 내 육신은 서서히 삭을 것이며, 그동안 나를 지탱
했던 '나'란 정체성도 소멸할 것이다. 하지만 머리카락
의 분신술처럼 내 책들은 세상에 남아, 내가 살아보지
못한 미래에서 오래도록 나를 대체할 것이다. 이것이
내가 글을 쓰고 책을 만드는 이유이다.

　冊을 내는 두 부류가 있다.
　자신이 무엇을 잘 모르는지 자랑하는 사람
　그리고
　자신이 무엇을 잘 모르는지 확인한 사람

　口號로는 절대 救護할 수 없다.
　하지만 정치인은 口號가 허울이란 사실을 알면서도
救護하겠다는 口號를 외친다.
　그리고 대중은 그런 口號를 믿어준다 그게 선거판
이다.

　다른 사람에 의해서 결정되는 일은
　(잊어버리고) 가만히 기다리는 게 최선이다.

욕심을 줄여야 한다는 것을 깨달은 사람들은
그 깨달음이 이미 늦었다는 것 또한 함께 알게 된다.
이것이 삶의 아이러니다.

이 세상에서 오래 버티려면 무엇보다도 잘 참는 일이
우선일 것이다.
그런 의미에서 집에 함께 계신 분은 참기 연습문제
다. 다양한 유형의.

정답은 늘 간단하고 간결하다.
그걸 모르면 엉뚱한 곳에서 헛발질을 한다. 장황하게.

어떤 무술 流派가 제일인가가 문제가 아니다.
어떤 무술인의 수련 정도 그리고 그가 사람을 대하는
태도와 자세가 어떤가 이것이 핵심이다.
의학도 그렇다. 어떤 의학이 사람의 몸에 최선인가가
중요한 게 아니다.
의사가 사람의 몸을 대할 때 어떤 인식과 자세 태도
를 가지고 있나 이것이 핵심이다.

삶에서 興을 일으켜서 어떤 일이나 대상에 몰두하고
열중하도록 하고
  그로 인해 삶의 평온과 건강을 얻은 사람들에게는
  저마다 인생의 방향을 바꾼 아이템이 있다.
  그것이 꼭 체질의학이나 체질식일 필요는 없다.
  마음을 모아 집중하도록 만드는 것 그것이 힘이다.

  우리 몸의 변화는 뭐든지 먼저 알 수는 없다.
  탈이 나고 병이 생기기 전에는 미리 對處할 도리가
없다는 말이다.
  그러니 모든 대처는 한발 늦는다.
  그리고 종국에는 죽음에 대처할 수 없는 것이다.

  癌은 또 다른 나다.

  로컬 臨床이란 결국은 위로이다. 환자분의 등을 두드
려 드리는 일이다.
  환자의 마음을 움직일(바꿀) 수 있다고 믿는 것
  그렇게 하려고 하는 것, 그건 과한 욕심이다.

116

박서보 화백은 '현대인이 가진 스트레스를 해소시켜 주는 것이 21세기 예술가의 책무'라고 했다. 중세는 전염병의 시대였고, 현대는 스트레스와 알레르기의 시대이다. 예술가나 의사의 책무가 똑같다.

生命은 재활용되지 않는다. 그러니 輪廻란 幻想이다.

자존심이란 그것을 스스로 버릴 수 있는 사람에게만 비로소 가치 있는 것이다.

늪에 빠진 나를 스스로 구할 수는 없듯이
늙음에 젖어버린 후에는 구할 수가 없다.
미리미리 준비하고 다짐해 두어야 한다.

나이를 먹는 만큼 그에 걸맞는
인격의 성숙을 이뤄내는 일은 매우 어렵다.
비록 빛나는 일이 아닐지라도
좋아하는 일을 찾아서 그것에 집중하고 노력하면서
삶의 흥을 유지하는 것이 중요하다.

노년에는 좀 천천히 성숙해져도 괜찮다.

특별히 더 애쓸 필요는 없다. 매일 생각(窮理)을 멈추지 않으면 된다.

나는 쇠똥구리가 소똥 경단을 굴리듯이 늘 생각을 굴린다.

그렇게 하면 꼭 필요할 때 꺼내 쓰기가 편하다.

써야 할 글감이 있고, 생각할 거리가 있다는 것이 지금 내 삶의 행복이다.

삶에 관한 생각이 멈추면 살아 있다고 할 수 없다.

迷道 mido

늘 꿈이다
어딘가로 움직이는데
매번 엇길로 빠진다
엘리베이터는 별안간 옆으로 가고
올라가던 계단인데 갑자기 지하다
승용차로 달리다가 어느새 세발자전거로 되고
중앙선을 탔는데 신탄진에 내린다
내려 보니 영주인데 목포행 버스표고
도대체 애초 목적지에는 절대로 가지 못한다
그런 꿈이 계속된다
헤맬 迷 길 道다
빠질 미 길 도
道에 빠졌단 뜻이기도 하다

요리
343-3190

매자낚시

　열세네 살 여름에 강에서 낚시를 많이 했다. 내가 제일 좋아했던 건 매자낚시이다. 매자는 내가 살았던 단양에서 이 물고기를 부르는 이름인데 표준어로는 참마자이다. 잉어목 모래무지과에 속한다. 이 물고기는 피라미와 모래무지를 섞은 듯한 모양인데 물속에서 주로 활동하는 영역노 그렇다. 모래무지가 바닥에 붙어 있고 피라미는 물 흐름의 주류에 있다면, 매자는 그 중간 정도에 있는 것이다.

　낚시의 기본 준비물은 당연하게도 낚싯대이다. 어른들은 조립과 분해가 되는 다단낚싯대를 썼지만 우리 꼬마들에겐 그런 차지가 오진 않았다. 낚시를 취미로 가진 어른이라면 아이들이 자신들의 물건에 눈독을 들이기 전에, 이미 채비를 해서 집에서 나가고 없을 테니 말이다. 낚시점에 가면 가늘고 긴 대나무장대를 팔았다. 그걸로 충분하다. 역사 이래로 통하는 명언이 있다. "장인은 연장을 탓하지 않는다." 그런 다음 낚싯줄과 물음표처럼 생긴 낚시 몇 개 그리고 추가 필요하다. 중요한 거 하나 매자낚시에는 찌가 필요없다. 나중에 채비를

다 만든 다음에 낚싯대 끝에다가 반짝이는 비닐같이 가볍게 흔들리고 눈에 잘 띄는 것을 매달면 된다.

이제 낚싯대를 어깨에 걸치고 강으로 간다. 미끼가 필요하다. 강물이 높이 올라왔다가 빠진 강변에는 자연스럽게 물웅덩이가 생긴다. 거기에 발발이가 있다. 수중곤충이다. 정확하게 말하면 곤충의 애벌레이다. 큰 종류도 있고 좀 작은 종족도 있어서, 모양도 크기도 좀 다른데 우리는 모두 발발이라고 불렀다. 작은 놈은 10mm 정도 되고 큰 종류는 20mm 내외이다. 생긴 모양이 별로 친근하지는 않다. 양쪽에 늘어진 발로 물 속에서 빠르게 움직이기 때문에 이름이 그 모양이다. 나는 뭐 생물학자는 아니니까 50년 가까이 그 이름으로 알고 있다가 어제 이 글을 쓰기 위해서 찾아보았다. 정확한 건 아니지만 큰 놈은 한국강도래의 유충이고 작은 것은 강도래의 애벌레인 것 같다.

미끼를 충분하게 마련했으면 본격적으로 낚시 준비를 해야 한다. 우선 물밖에서 매자가 많이 모여 있을만

한 곳을 살핀다. 녀석은 모래무지과라서 모래가 많이 보이는 곳을 좋아한다. 잘 살핀 후에 장소를 정했으면, 우선 물밖에 큰 돌 같은 게 있는지 보고, 오래 걸터앉아 있어도 편하도록 엉덩이 받침을 만든다. 그리고 물 안에 밖에서 가까운 곳에 낚싯대를 올려둘 곳도 돌을 쌓아서 만든다. 이레 획이 긴 Y자 모양으로 생긴, 강바닥에 꽂는 낚싯대받침 대용이다. 긴 Y자 꽂이가 있다면 (긴 것과 짧은 것 두 종류) 그걸 쓰면 된다. 강가에 많이 자라는 아카시나무 줄기를 칼로 잘라 현장에서 만들어 쓸 수도 있다.

낚싯대를 들고 물안으로 한번 던진 후에 낚싯대를 그대로 두고 물안으로 들어간다. 추가 떨어진 곳을 찾아 그 주변을 모래가 선명하게 드러나도록 둥그렇게 돌들을 바깥쪽으로 정리한다. 매자가 그런 환경을 좋아해서 모여들기 때문이다. 그리고 깻묵덩이가 있다면 깻묵 한 덩이를 정리한 바닥 중간에 둔다. 그러면 깻묵의 고소한 냄새를 따라 고기들이 금방 모여든다. 5학년 때 같은 반 친구인 금희네가 단양시장에서 큰 기름집을 했

다. 기름집에 가면 금희는 잘 없지만 아저씨께 인사 한
번 꾸뻑 하면 깻묵 한 덩이는 금방 주셨다.

　정말 모든 준비가 끝났다. 낚시에 발발이를 달고 낚
싯대를 던지면 된다. 그리고 낚싯대 끝에 달아 놓은 비
닐표식에 집중한다. 매자가 미끼를 물면 그 녀석이 팔
랑팔랑 까딱인다. 그러면 잽싸게 낚싯대를 챈다. 낚시
는 보통 세 개 정도를 매달아 두기 때문에 운이 좋으면
한꺼번에 세 마리가 올라온다. 아버지는 낚시에 달려
오는 매자를 따라와 물어버린 쏘가리를 보너스로 낚은
적도 있다. 물론 나는 그날 영광스런 그 현장에 있었다.
매자는 먹기에 좋고 편한 물고기는 아니다. 그냥 잡는
재미다. 맛도 별로고 일단 살 속에 잔가시가 촘촘히 박
혀 있어서 굽거나 졸여서 먹기도 힘들다. 하지만 집에
반찬거리가 충분하지 않던 그 시절에 강에서 온 이 물
고기를 버릴 수는 없다.

　아버지는 평생 취미가 낚시였다. 아버지에게 견지낚
시와 매자낚시를 배웠다. 견지낚싯대는 스스로 만들기는

어려워서 견지낚시를 나갈 때는 아버지가 다른 걸 나가시는 날 아버지 것을 가지고 갔다. 아버지는 주말이면 늘 낚시터에 가서 사셨기 때문에, 집에서 가까운 연못(저수지)이나 강으로 가시면 아버지 점심도시락을 내가 담당해서 가지고 갔다. 그리고 조금씩 아버지 하시는 것을 어깨 너머로 보고 배있다. 아버지가 직접 가르쳐 주신 적은 한 번도 없다. 나는 성미가 급해서 저수지에서 하는 붕어낚시는 영 안 맞았다. 붕어낚시는 정말 기다림의 예술이다. 오죽하면 인생을 낚는다고 하지 않는가. 그래서 나는 강으로 갔던 거다. 견지낚시는 미끼로 소똥구더기나 꼬네를 쓴다. 견지는 물안으로 걸어 들어가서 물흐름의 중간에서 한다. 그리고 여울에서 하는 파리낚시는 미끼 대신 파리모양으로 꾸민 털바늘을 단다.

어느날 아버지가 친구들과 술잔을 기울이며 매자낚시에 대해 말씀하시는 것을, 흥미로와서 술자리 옆에 끼어서 들었다. 아버지는 맨 정신일 때는 아주 과묵한데, 술만 들어가면 달변가가 된다. 매자낚시의 특징에 관한 것인데 이런 내용이었다. '보통 낚시라면 낚싯줄에 추를 달고 그 양 갈래에 낚싯줄과 낚시를 묶지. 그러니까 추가 위에 있고 낚시는 아래에 있게 되지. 그러는 이유는 낚싯줄 중간에 끼운 찌가 물 표면에 있기 때문이야. 매자낚시는 찌가 없잖아. 이건 추를 맨 마지막에 달아. 그리고 추 위로 갈래갈래 낚시를 매다는 거야. 보통 세 개 정도지. 그렇게 되면 물 바닥에 추가 있고 추 위에 낚시에 달린 미끼가 물 흐름을 따라 흔들리는 모양이 되는 거지.' 이상이 내가 매자 낚싯법의 체계에 대해서 가지고 있는 개념이다. 아마도 이보다 더 체계적이고 실제적인 매자낚시 이론서가 많지는 않을 것이다.

나는 중학교에 들어가서 교내 어버이날 백일장에서 큰 상을 받았다. 상장이 매우 넓고 컸다는 거다. 이 큰 상장이 20대까지 문학가 꿈을 꾸도록 만들었고, 회갑을 넘긴 지금까지도 간혹 나를 문학 쪽으로 경도되도록 만들고 있는 건 아닌지 모르겠다. 사실 책을 많이 읽지도 않았고 문학에 열렬히 집중했던 것도 아니다. 나는 다만 문예반 활동에 흥미를 붙이고 그저 이리저리 왔다 갔다 하는 촌뜨기였다. 동인회 졸업 선배나 형들이 '예

술가는 반드시 끼가 있어야 한다'고 언제나 여러 번 강
조했지만, 나는 흥은 좀 있기는 했어도 대체 끼란 게 무
언지 내게 끼가 있기는 한지 도통 알 수 없었다.

대체 시란 게 무엇이며 어떻게 하면 그걸 잘 쓸 수 있
는 건지 체계적으로 알려 준 선생이나 선배 혹은 동기
는 없었다. 그저 보고 읽고 모방하고 생각하고 써볼 뿐
이었다. 아버지를 통해서 내가 매자낚시의 개념과 체계
를 배웠던 것처럼 누가 일찍 그렇게 나를 인도해 줄 수
는 없었던가. 안도현 시인은 이미 고교시절부터 전국의
백일장을 휩쓸고 다니면서 대구문단에서 그리고 문학
고교생들의 아이돌이었다. 2009년에 안도현 시인이 펴
낸 『가슴으로도 쓰고 손끝으로도 써라』를 보고, 내게는
프로 문학가가 될 재능이 없다는 것을 뒤늦게 깨달았
다. 내게 정말 부족한 것은 '객관화'였다. 그것이 프로와
아마추어를 나눈다. 모든 것은 때가 있다. 이제는 지난
날을 털고 새 날을 향해 나가고 싶다.

/ 20250426